¡A jugar felices juntos!

Lada Josefa Kratky

NATIONAL GEOGRAPHIC LEARNING | CENGAGE Learning

Hay muchas cosas que podemos hacer solos. Podemos leer solos. Podemos dibujar solos. Podemos escuchar música o cuentos solos.

Pero hay muchas cosas que solo podemos hacer con otros. No podemos jugar a las escondidas solos. Si te escondieras, ¿quién te buscaría? ¿De quién tratarías de esconderte? Y una carrera tiene que ser entre por lo menos dos niños veloces.

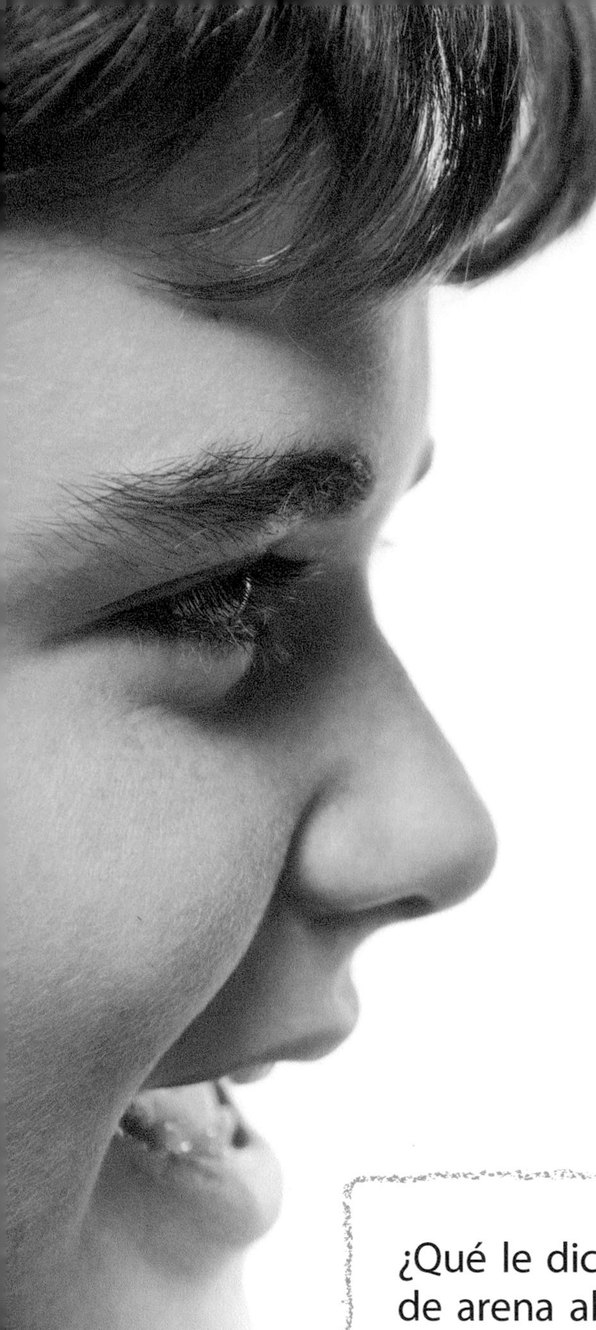

Hay muchos otros juegos que solo se pueden hacer con otros. Vamos a ver algunos:

Chistes

¿Para qué sirve un chiste si no tienes a quién contárselo? Aquí tienes unos que le puedes contar a un compañero. Se podrán reír juntos:

¿Qué le dice un grano de arena al otro al cruzar el desierto?

("No hay escape. Estamos rodeados".)

¿Qué le dice un semáforo al otro?
("No me mires que me estoy cambiando".)
¿Cuál es el colmo de un libro?
(Que se le caigan las hojas en otoño.)
¿Cuál es el colmo de la silla?
(Tener patas y no poder andar.)

Morra

Aquí tienes un juego divertido que se juega con dos jugadores capaces de sumar rápidamente:

- Cada uno extiende el puño derecho mientras dice: "Uno... dos...".
- Al decir "tres", cada uno extiende cierto número de dedos y a la vez dice un número del 1 al 10.
- Si la suma de los dedos extendidos de ambos jugadores coincide con el número dicho por uno de ellos, ese jugador gana un punto. A veces un jugador acierta, muchas veces no.
- Este proceso se repite varias veces hasta que uno de los jugadores gane 5 puntos.

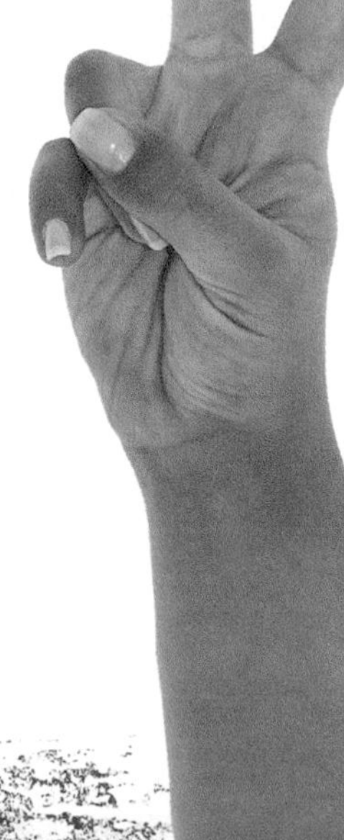

EJEMPLO: Un jugador extiende un dedo y el otro extiende cinco. El primero dice “cuatro” y el otro dice “siete”. Como el total de dedos es seis, ningún jugador acertó y nadie gana un punto.

Corre el botón

Este juego se juega con varios niños parados en fila o sentados en círculo. Uno de ellos, fuera del círculo o fila, lleva un botón escondido entre ambas manos, que lleva juntas con los dedos extendidos. Los demás niños también ponen las manos igual.

El jugador con el botón pasa sus manos entre las de cada uno de los demás, dejando el botón entre las manos de uno de sus compañeros. Lo hace de manera que nadie sepa dónde lo ha dejado.

Al terminar, el niño que pasó el botón elige a otro y le pregunta: "¿Quién crees que tiene el botón?".

Si el otro niño adivina, le toca esconder el botón. Si no, tiene que cumplir algún castigo ligero, como dar cinco brincos en un solo pie, o aullar como lo hacen los lobos feroces.

Vuelan, vuelan

Este otro juego se juega con un grupo de niños sentados en un círculo:

- El que dirige dice: "Vuelan, vuelan, las gaviotas". Y levanta las manos al aire. Los demás niños también deben levantar las manos al aire.
- Pero, de vez en cuando, el que dirige dice algo falso, como "Vuelan, vuelan, las lombrices". Si alguien levanta las manos, pierde.
- Entre una acción y otra, se recitan estos versos:

  De las aves, me gusta el ternero;
  de las frutas silvestres, las empanadas.
  De los peces, me gustan las perdices;
  de los animales feroces, las lombrices.

¡Qué felices son los niños cuando juegan juntos!

Glosario

acertar *v.* adivinar correctamente; obtener la respuesta correcta. ***Acertaste** al decir que la respuesta a la adivinanza era "el humo".*

---

coincidir *v.* ser iguales dos cosas o suceder al mismo tiempo. *Tu respuesta al problema y la mía **coinciden**, así es que probablemente sean correctas.*

---

colmo *n.m.* punto en el que ya no se puede aguantar algo. *Además de llegar tarde, es el **colmo** que no estés preparado.*

---

extender *v.* alargar, estirar. ***Extiende** el brazo hacia arriba lo más que puedas.*

---

feroz *adj.* fiero, agresivo. *En África hay leones, hienas y otros animales **feroces**.*

---

perdiz *n.f.* tipo de ave pequeña, generalmente silvestre y comestible. *Durante nuestro paseo, vimos unas **perdices** cruzando el camino.*

---

veloz *adj.* rápido, con mucha velocidad. *Esas chicas andan muy **veloces** en sus bicicletas nuevas.*